Le

Je sais que je peux
Tous les autres dre
Je les attraperai, oui, oui, je le ferai!
Pokémon, je suivrai le chemin
Tout votre pouvoir
Est entre mes mains
Grâce à tous mes efforts
Il me faut tous, tous, tous, les attraper
Il me faut tous, tous, tous, les attraper
J'en aurai plus de 150 à reconnaître
Et de tous ces Pokémon je deviendrai le maître
Je veux vraiment tous les attraper
Attraper tous les Pokémon
Je veux vraiment tous les attraper
Attraper tous les Pokémon

Peux-tu nommer les 150 Pokémon?

Voici les 32 suivants.
Tu trouveras dans le livre nº 13
Destination : danger
La suite du rap Poké

Alakazam, Goldeen, Venonat, Machoke,
Kangaskhan, Hypno, Electabuzz, Flareon,
Blastoise, Poliwhirl, Oddish, Drowzee,
Raichu, Nidoqueen, Bellsprout, Starmie.

Metapod, Marowak, Kakuna, Clefairy,
Dodrio, Seadra, Vileplume, Krabby,
Lickitung, Tauros, Weedle, Nidoran,
Machop, Shellder, Porygon, Hitmonchan.

Il y a d'autres romans jeunesse
sur les Pokémon.

Collectionne-les tous!

1. Je te choisis!

2. L'Île des Pokémon géants

3. L'attaque des Pokémon préhistoriques

4. Une nuit dans la Tour hantée

5. Team Rocket à l'attaque!

6. Vas-y Charizard!

7. Misty fait des vagues

8. L'escouade Squirtle s'en mêle

Et trois nouvelles aventures
passionnantes dans l'archipel Orange

9. Aventures dans l'archipel Orange

10. Le secret des Pokémon roses

11. Les quatre étoiles

12. Scyther, cœur de champion

Et bientôt...

13. Destination : danger

Scyther, coeur de champion

Adaptation : Sheila Sweeny

Adaptation française : Le Groupe Syntagme inc.

Les éditions Scholastic

ISBN-10 0-7791-1530-9
ISBN-13 978-0-7791-1530-3

Titre original : Pokémon — Scyther, Heart of a Champion.

Édition publiée par les Éditions Scholastic, 604, rue King Ouest, Toronto (Ontario) M5V 1E1 CANADA.

6 5 4 3 2 Imprimé au Canada 09 10 11 12 13

Pokémon®

Scyther, cœur de champion

1

L'île des insectes

— Regardez! C'est l'île de Murcott! s'écrie Ash Ketchum en montrant du doigt une île recouverte d'épaisses forêts.

Ash et Pikachu, sa souris électrique, sont installés sur le dos du fidèle Lapras, un gros Pokémon d'eau bleu. Les amis de Ash, Misty et Tracey, sont là eux aussi. Misty tient dans ses bras Togepi, un tout petit bébé Pokémon sorti d'un œuf rare.

Ash a très hâte d'arriver à l'île de Murcott pour vivre de nouvelles aventures.

— Allons-y! dit Ash à ses amis. Il coiffe ses cheveux noirs en bataille de sa casquette rouge et blanc.

Ash est prêt à explorer l'île. Lorsqu'il a eu dix ans, Ash a quitté son village natal pour entreprendre un voyage et chercher de nouveaux Pokémon — des créatures aux pouvoirs étonnants — et se battre contre des chefs de gym pour obtenir des écussons. Pour devenir un maître de Pokémon, il doit capturer et dresser tous les types de Pokémon. Son périple l'a amené bien loin, jusque dans l'archipel Orange. Ses amis et lui ont vu des choses étonnantes dans les îles, et il sent que l'île de Murcott ne les décevra pas non plus.

— Aaaahhhhh! hurle Misty en entendant un énorme Beedrill bourdonner au-dessus de sa tête. Cette combinaison de Pokémon insecte et de Pokémon volant ressemble à une grosse abeille féroce. Misty serre Togepi un peu plus fort. Ses cheveux orange brillent dans le soleil.

Mais Tracey, lui, est tout excité.

— L'île de Murcott est reconnue pour ses nombreux Pokémon insectes, dit-il. Nous découvrirons peut-être même un nouveau Pokémon. Tracey est un entraîneur et un observateur de Pokémon. Il est un peu plus vieux que Ash et porte un bandeau dans ses cheveux sombres. Tracey est toujours à la recherche de nouveaux Pokémon à étudier et à dessiner.

Lapras nage jusqu'au rivage. Ash et ses amis sautent sur la plage.

— Merci, Lapras, dit Ash en sortant une Poké Ball. Ash rappelle Lapras et replace la balle sur sa ceinture.

Tracey sort ses Poké Balls.

— Marill! s'écrie Tracey. Un Pokémon apparaît. Marill ressemble à une souris bleue grassouillette avec de grandes oreilles. Sa longue queue se termine par une balle ronde.

— Venonat! s'écrie Tracey. Un Pokémon insecte velu vient prendre place aux côtés de Marill. Venonat a deux yeux rouges et ronds, deux pieds plats, mais pas de bras.

Ash et Tracey sont prêts à commencer à capturer des Pokémon. Mais Misty préférerait remonter sur le dos de Lapras et déguerpir.

— Mais qu'est-ce qu'elle a? demande Tracey. Il s'étonne du comportement de Misty qui,

habituellement, est une fonceuse.

— Misty a peur des Pokémon insectes, explique Ash.

— Oh, je comprends! s'exclame Tracey en se tournant vers Misty. Quand il est question d'insecte, Misty est une poule mouillée!

— C'est moi que tu appelles poule mouillée? se fâche Misty.

— Ne t'inquiète pas, Misty, la réconforte Tracey. Marill et Venonat nous défendront.

Ash regarde Venonat et Marill s'enfoncer dans les bois.

— Le radar de Venonat et l'excellente ouïe de Marill nous aideront à trouver de nouveaux Pokémon, explique Tracey.

Ash hoche la tête. Les Pokémon de Tracey se sont révélés très utiles au cours de leurs aventures.

Venonat et Marill conduisent Ash et les autres à une clairière. Un groupe de petits Pokémon insectes verts rampent dans le gazon.

— Super! Des Caterpie! s'émerveille Ash.

Misty leur jette un coup d'œil et détourne la tête.

— Beurk! Je déteste les insectes! Avez-vous entendu? Je les déteste! répète-t-elle en amenant Ash et Pikachu plus loin.

Soudain, ils entendent un bruit qui provient des arbres. Ils s'arrêtent. Un gros Pokémon dont le corps brun est surmonté de deux cornes acérées saute devant eux. Il lève ses terribles pinces dans les airs. C'est un Pinsir, Ash le sait. Misty trouve maintenant que les Caterpie étaient plutôt sympathiques, après tout. Elle s'agrippe au bras de Ash. Ils reviennent vite sur leurs pas pour rejoindre Tracey.

Ash raconte à Tracey leur rencontre avec l'effrayant Pinsir.

— Les Pinsir sont plutôt renversants, dit Tracey. Mais ils ne sont pas extrêmement rares. J'espère que Marill et Venonat trouveront un Pokémon vraiment rare.

Soudain, Venonat et Marill pointent vers les bois.

— Il y a quelque chose dans cette direction! s'exclame Tracey, tout enthousiaste. Il court derrière ses Pokémon. Ash et les autres le suivent.

Bientôt, ils débouchent sur une clairière.

Venonat et Marill ont trouvé quelque chose, ça ne fait aucun doute. Un gros Pokémon vert aux ailes coupantes comme des rasoirs est étendu sur le sol. Il semble très, très malade.

Ash sort vite Dexter, son Pokédex. Le petit ordinateur contient des renseignements sur tous les types de Pokémon.

« Scyther, le Pokémon mante. Il utilise ses ailes coupantes pour capturer ses proies. Il peut également utiliser ses ailes pour voler. Les humains le voient rarement, et rares sont les spécimens qui ont été capturés », explique Dexter.

Ash, Misty, Tracey et Pikachu s'approchent du Scyther pour mieux le voir. Soudain, il ouvre les yeux et siffle. Les amis reculent rapidement.

— Il a l'air fâché, commente Misty.

— Laisse-moi voir tes blessures, Scyther, murmure Tracey d'un ton doux. Il s'approche lentement de la grosse créature.

Scyther se remet debout. Il semble prêt à attaquer les amis.

— Dans ce cas... dit Ash. Il sort une Poké Ball pour capturer Scyther.

— Mais qu'est-ce que tu fais, Ash? demande Tracey.

— Je vais capturer ce Scyther. Ensuite, je vais l'apporter au centre de Pokémon pour qu'il se fasse soigner, explique Ash. Il lance la Poké Ball dans la direction de Scyther.

— Poké Ball, va! s'écrie Ash.

La Poké Ball file dans les airs. D'un coup d'aile, Scyther la fait voler au loin.

Ash a du mal à croire ce qu'il vient de voir. Scyther refuse de se faire attraper!

— Comment a-t-il pu faire cela? demande Misty. Il semble si faible.

Ash fronce les sourcils. C'est vrai que Scyther a l'air faible. Il faut l'emmener au centre des Pokémon sans tarder. Mais Scyther ne semble pas vouloir abandonner la partie si facilement. En fait, il semble prêt à se battre!

2

Scyther attaque

— Si ce Scyther veut se battre, il va être servi! s'exclame Ash. Vas-y, Pikachu!

Pikachu est le premier Pokémon de Ash. Le petit Pokémon électrique s'est toujours battu bravement pour Ash. Même si Scyther est beaucoup plus gros, Pikachu est prêt à relever le défi.

— Attends! s'écrie Tracey avant que Pikachu n'atteigne Scyther. Il est trop faible pour se battre.

— Tu voudrais que je le laisse ici? demande Ash. Écoute, Tracey, c'est un Pokémon rare. Et en plus, il a besoin d'aide.

— Laisse-moi faire, réplique Tracey. À toi de jouer, Venonat, dit-il à son Pokémon.

Venonat s'approche doucement de Scyther. Venonat est à peine plus gros que Pikachu. Lui non plus ne semble pas être de taille contre Scyther. Mais Tracey sait que Venonat peut avoir recours à de nombreuses techniques puissantes d'empoisonnement.

— Tu peux y arriver, Venonat! s'écrie-t-il. Poudre somnifère!

Venonat lance sa poudre somnifère. Le Scyther, affaibli, ne peut résister. Il s'endort profondément.

— Ça marche! s'exclame Ash.

Tracey lance une Poké Ball vers Scyther. La balle s'ouvre. Dans un éclat de lumière, Scyther disparaît.

Ils ont réussi à l'attraper!

— Vite, lance Tracey à ses amis, rendons-nous dans un centre de Pokémon!

Les amis traversent la forêt, trop préoccupés pour remarquer la grosse montgolfière qui flotte au-dessus de leur tête. Dans la nacelle se trouvent Jessie, James et Meowth, un trio de voleurs de Pokémon connu sous le nom de Team Rocket. Le ballon a la forme de Meowth, un Pokémon chat blanc.

Les voleurs promènent leurs jumelles sur la forêt jusqu'à ce qu'ils repèrent Ash et ses amis.

— Tiens, les entraîneurs de Pokémon que nous adorons voler! s'exclame Jessie, une grande adolescente vêtue d'un uniforme blanc.

— Allons-y! s'écrie James, son partenaire. James a les cheveux bleus et porte un uniforme semblable à celui de Jessie.

Ce que Team Rocket n'a pas remarqué, toutefois, c'est qu'un Beedrill s'approche à toute vitesse. Le Beedrill perce un trou dans le ballon avec son dard acéré.

— On est une bande de dégonflés! s'exclame James tandis que leur ballon perd de l'altitude et finit par s'écraser dans l'île.

Jessie, James et Meowth regardent autour d'eux les étranges Pokémon insectes qui peuplent l'île de Murcott.

— Où sommes-nous? se demande Jessie.

— En tout cas, ça grouille d'insectes, fait remarquer James en frissonnant.

— *Meowth*, approuve Meowth. Il y a même un essaim de Scyther qui foncent sur nous!

Schlac! Les Scyther agitent leurs ailes dans les airs comme autant d'épées.

Schliiic! Les Scyther avancent si vite que Team Rocket n'a rien vu venir.

Les trois escrocs ferment les yeux pour ne pas voir le nuage métallique qui les entoure. Lorsque tout redevient calme, ils se risquent à ouvrir les yeux.

Jessie se tapote pour s'assurer qu'elle est encore en un seul morceau.

— Ouf! On l'a échappé belle! soupire-t-elle, soulagée.

— J'ai pensé que ma dernière heure était venue! renchérit James. Puis lui et Meowth regardent Jessie, les yeux tout ronds. Ils ont du mal à contenir leur fou rire.

— Qu'est-ce qu'il y a? grogne Jessie.

— Euh... Jessie... c'est que... James ne veut pas lui annoncer la mauvaise nouvelle.

— ... tes cheveux ont raccourci! miaule Meowth.

Jessie se passe la main dans les cheveux. De ses superbes longs cheveux rouges, il ne

reste que de minables petites touffes. Un des Scyther a coupé ses beaux cheveux!

— Ce Scyther va avoir de mes nouvelles! hurle-t-elle. Il va me le payer!

— Pourquoi attraper *un seul* Scyther lorsque nous pourrions nous approprier l'*essaim* au complet!? demande Meowth.

— Penses-tu que c'est possible? demandent Jessie et James, incertains.

— Bien sûr! Si nous avions un essaim de Scyther à notre service, nous serions tout simplement imbattables! explique Meowth.

— Ouais! approuve James. Nous pourrions venger Jessie et nous faire bien voir du patron en même temps!

— Qu'est-ce qu'on attend? demande Jessie. Je veux me venger de ces insolents insectes!

3

Scyther va mieux

— Je me demande pourquoi le Scyther voulait continuer à se battre alors qu'il était si affaibli, déclare Ash.

Ash, Misty et Tracey sont au centre des Pokémon de l'île de Murcott. Garde Joy, une experte en Pokémon aux cheveux roux, soigne le Scyther blessé. Deux Chansey roses et rebondis l'assistent dans son travail. Les amis attendent impatiemment à l'extérieur de la salle d'opération.

— Hé, regardez! s'exclame Misty. Elle jette un œil par la vitre de la salle d'opération. Scyther n'arrête pas de nous regarder.

Garde Joy sort pour parler aux amis.

— Comment va Scyther? demande Ash.
— Je regrette, mais il ne va pas très bien, répond l'infirmière. Il lui faudra du temps pour se remettre.
— D'après vous, que lui est-il arrivé? lui demande Ash. Peut-être que si nous connaissions la cause des blessures de Scyther, nous pourrions l'aider à aller mieux.
— Je crois que c'est un vieux guerrier qui a fini par perdre son titre de chef de l'essaim au cours d'une bataille, explique Garde Joy.
— Comment savez-vous que ce Scyther était le chef de son essaim? demande Tracey.
— Eh bien, poursuit Garde Joy, un vieux Scyther ne peut s'infliger ce genre de blessures qu'en se battant contre un autre Scyther.
Ash ne comprend toujours pas.
— Mais s'il est si fort, comment se fait-il qu'il ait perdu le combat?
— Habituellement, c'est un Scyther plus jeune et plus rapide qui lance un défi au chef. Quelquefois, la vitesse et la force peuvent avoir raison du Pokémon le plus expérimenté, continue Garde Joy. Lorsque le chef perd contre un autre Scyther, il est exclu de l'essaim. À moins de gagner une autre bataille

pour redevenir chef, il doit continuer à vivre seul.

Ash est absorbé par les explications de Garde Joy lorsqu'il entend une sonnerie.

— C'est le vidéophone, dit Ash à Garde Joy.

L'infirmière allume l'appareil. Le professeur Oak, le plus grand expert en Pokémon, apparaît à l'écran.

C'est à la suite d'une demande du professeur Oak que Ash est venu dans l'archipel Orange pour chercher une mystérieuse GS Ball or et argent.

— Bonjour professeur Oak, dit Ash à son mentor. Je vous présente mon ami Tracey. Il est un excellent observateur de Pokémon. Il a capturé le Scyther que soigne Garde Joy.

— Tu dois être vraiment fier de ta prise, Tracey, déclare le professeur Oak. Toutes mes félicitations!

Tracey semble embarrassé.

— Ouais, j'imagine.

— Tu n'es pas content de l'avoir capturé? s'étonne le professeur Oak.

Tracey regarde Scyther qui est étendu sur un lit. Il continue de siffler et de les regarder fixement.

— Il n'a pas l'air de m'aimer, répond tristement Tracey.

— Les Scyther sont de fiers guerriers, explique le professeur Oak à Tracey. Le Scyther doit avoir l'impression d'avoir perdu la face tout d'abord en se faisant remplacer comme chef, puis en étant capturé par toi.

— Est-ce que je peux faire quelque chose? demande Tracey plein d'espoir.

— N'oublie pas que chaque Pokémon a des émotions et une personnalité qui lui sont propres. Tu dois essayer d'aider Scyther à retrouver confiance en lui et en ses forces, répond le professeur Oak.

Ash voit la détermination se peindre sur le visage de son ami. Il sait que Tracey réfléchit aux paroles du professeur Oak. Il le regarde s'avancer vers le Scyther. Ash reste sur le pas de la porte, mais il peut entendre Tracey murmurer : « Je suis désolé, Scyther. Ce doit être très pénible pour toi d'avoir été capturé sans avoir pu te battre. »

Scyther lève les yeux vers Tracey et siffle faiblement.

— Mais en tant qu'entraîneur, je ne pouvais pas me résigner à te laisser, explique Tracey. Je ne pensais vraiment pas te faire du mal.
Ash entre dans la pièce.

— J'ai une idée, Tracey, dit-il à son ami. Si nous organisions un combat revanche avec l'autre Scyther? Scyther est un guerrier-né. C'est lorsqu'il se bat qu'il est heureux.

Scyther écoute les paroles de Ash et se tourne vers lui. Il semble déjà en meilleure forme.

Tracey s'adresse à Scyther : « Qu'est-ce que tu en penses, Scyther? Lorsque tu iras mieux, tu pourras y retourner et prendre ta revanche! Je pourrais même t'aider à t'entraîner, si tu le veux bien! »

Soudain, Scyther commence à battre des ailes. Il s'élève au-dessus du lit. Garde Joy et les amis sont pris de panique.

— Non, attends! le supplie Garde Joy. Il faut que tu restes sans bouger!

Scyther s'éloigne de Tracey et fracasse la vitre pour s'enfuir. Les amis l'appellent.

— Scyther! Scyther! Reviens! Tu n'as pas encore repris toutes tes forces!

Mais il est trop tard. Scyther est déjà hors de vue.

Ash sort tout de suite après Scyther.

— Allons-y, dit-il à ses amis. Je parie que Scyther s'en va retrouver le nouveau chef de l'essaim pour prendre sa revanche!

4

La Vengeance est parfois amère

— Attention, chuchote Ash aux autres. Regardez là-bas.

Ash a aperçu Team Rocket caché dans les buissons. Les voleurs de Pokémon espionnent l'essaim de Scyther qui les a attaqués et qui a coupé les cheveux de Jessie.

— L'heure de la vengeance a sonné! s'écrie Jessie.

Jessie pointe sur l'essaim un instrument qui ressemble à un télescope.

— Je vais vous régler votre compte! s'écrie-t-elle. Avec son instrument, elle tire un missile. Celui-ci file dans les airs. Puis il

explose, répandant sur tout l'essaim de Scyther une pâte collante et jaune. Les Scyther sont tous prisonniers de cette bouillie visqueuse.

Tandis que les Pokémon se tortillent et se débattent pour tenter de s'échapper, Team Rocket lance une autre attaque. Cette fois, un filet tombe sur l'essaim paralysé.

— Vous pensiez que vous pouviez me couper les cheveux et vous en tirer? ricane Jessie. Et bien, maintenant, c'est à moi de vous couper le sifflet!

Les Scyther tentent en vain de trancher le filet, mais ils ne peuvent pas bouger. La bouillie collante les empêche de faire le moindre mouvement.

— Oh non! s'écrie Ash. Il faut les secourir!

À ces mots, quelque chose s'abat d'un arbre tout près. C'est le Scyther de Tracey! Son *corps* est peut-être affaibli, mais son *cœur* est toujours aussi vaillant.

Avec ses ailes acérées, Scyther tranche le dessus du filet. Celui-ci s'ouvre, et les Scyther qui étaient prisonniers en sortent.

Ils sont libres!

— Qu'est-ce qui se passe? demande Jessie.

Ash sort de sa cachette. Ses amis le suivent. À ce moment, ils remarquent la nouvelle coupe de cheveux de Jessie et éclatent de rire.

— Qu'est-ce qu'il y a de si drôle? siffle Jessie.

— Euh, on admirait seulement ta nouvelle coiffure, répond Misty en pouffant de rire.

— Es-tu en train de m'insulter? Préparez-vous à avoir des ennuis.

Jessie et James improvisent un nouveau cri de guerre :

« Pour protéger le monde de la calvitie
Pour faire justice à tous les tondus du pays

Pour faire la guerre aux pellicules disgracieuses
Pour dénoncer les coupes de cheveux affreuses
Jessie!
James!
Team Rocket coupe les cheveux en quatre.
Rendez-vous ou préparez-vous à vous battre. »

— *Meowth*! C'est au poil! ajoute Meowth.

— Capturons Pikachu et tous ces Scyther en même temps.

Ash est prêt à se battre.

— Vas-y, Pikachu! ordonne-t-il.

— *Pika*, couine Pikachu en fonçant sur Team Rocket. James sort rapidement une Poké Ball. Il libère un Pokémon qui ressemble à un nuage de fumée mauve à deux têtes. C'est Weezing, un Pokémon poison de type gazeux.

— Weezing, écran de fumée! ordonne James.

Un brouillard gris recouvre Ash et ses amis. Tous se mettent à tousser. Étouffé, Pikachu ne peut rien faire.

Oh non, se dit Ash. *Team Rocket pourrait bien gagner, cette fois!*

Puis on entend un bruissement d'ailes. Ash regarde dans les airs. Le Scyther de Tracey virevolte comme une toupie, créant une forte brise. Le vent réussit à dissiper toute la fumée!

— Qu'est-ce qu'il fait? demande Ash à Dexter après avoir repris son souffle.

« La danse des sabres, attaque spéciale des Scyther. Scyther tourne sur lui-même à grande vitesse pour concentrer son énergie et accroître sa puissance d'attaque », explique Dexter.

Scyther replie ses ailes. Il atterrit sur le sol devant Meowth.

— *Scy, scy*, menace-t-il d'une voix rauque.

Meowth comprend la langue de la plupart des Pokémon. Le Pokémon qui ressemble à un chat hoche la tête.

— Ouais, ouais, tu m'en diras tant.

— Qu'est-ce qu'il dit? demande James à Meowth.

Meowth parle de sa voix la plus profonde.

— Il dit : « Je ne suis peut-être plus leur chef, mais je ne vous laisserai pas les emporter. »

Mais Team Rocket n'abandonnera pas la partie si facilement.

— Arbok! s'écrie Jessie en lançant une Poké Ball dans les airs. Un Pokémon poison qui ressemble à un cobra apparaît.

— Victreebel! renchérit James. Il laisse s'échapper un Pokémon qui ressemble à une immense plante jaune.

Jessie lance une autre balle dans les airs.

— Lickitung! hurle-t-elle. Un Pokémon rose et blanc qui a une longue langue visqueuse jaillit de la Poké Ball.

— Weezing, Victreebel! ordonne James. Déchiquetez-le!

— Arbok et Lickitung, aidez-le! ajoute Jessie.

Les Pokémon de Team Rocket avancent vers le Scyther de Tracey. Pikachu veut aider le Scyther, mais celui-ci lui fait comprendre de ne pas s'en mêler, il ne veut pas d'aide. Il lui faut combattre seul.

— Il va se battre pour retrouver sa fierté de guerrier! s'exclame Tracey.

Scyther regarde Tracey. Il sait que Tracey comprend maintenant. Il est prêt à obéir aux ordres de son maître.

C'est Meowth qui, le premier, lance un défi à Scyther.

— Attaque! s'écrie Tracey.

Scyther rugit férocement. Avec une de ses grandes ailes, il fouette Meowth. Celui-ci vole dans les airs.

— Excellent, Scyther, le félicite Tracey.

Scyther s'élève au-dessus du sol; il attend la prochaine attaque. Ash voit Lickitung et Victreebel se faufiler derrière le Pokémon guerrier. Tracey les a vus lui aussi. Lickitung attaque par la gauche, et Victreebel, par la droite.

— Regarde en bas, Scyther! s'écrie Tracey.

En un rien de temps, Scyther vole un peu plus haut. Plutôt que d'attraper Scyther, Lickitung et Victreebel s'écrasent l'un sur l'autre.

La bataille n'est pas terminée pour autant. Arbok fend l'air. Ash sait que Scyther doit se méfier de sa piqûre empoisonnée.

— Attaque rapide, ordonne Tracey.

Scyther tourne autour d'Arbok en bougeant vers la gauche et vers la droite. Arbok tente d'attraper Scyther, mais celui-ci est trop rapide. Arbok manque son coup et tombe au sol.

Victreebel reprend ses esprits et retourne dans la mêlée. Mais Scyther utilise son coup de fouet pour tailler quelques feuilles de Victreebel, et la grosse plante bat en retraite.

— Ça a marché! se réjouit Ash. Mais il est quand même inquiet : Scyther est faible et hors d'haleine. Ash ne sait pas combien de temps il pourra encore se battre avant de s'évanouir.

— Arbok, aiguilles empoisonnées! ordonne Jessie.

Le Pokémon serpent lance sur Scyther une pluie d'aiguilles pointues dégoulinantes de poison. Scyther est trop faible pour riposter.

Ash tressaille.

— Ne les laisse pas gagner, Scyther! s'exclame-t-il. Mais au fond de lui, il sait que Scyther est trop faible pour gagner cette bataille.

5

Un vieil ami à la rescousse

Scyther se tord de douleur. Arbok s'approche pour lui donner le coup de grâce. Scyther reçoit une nouvelle avalanche d'aiguilles empoisonnées.

Ash détourne les yeux. Il ne peut supporter ce spectacle.

Mais un bruit d'ailes le fait regarder à nouveau. Une silhouette indistincte vient se placer devant Scyther. C'est le nouveau chef de l'essaim de Scyther! Le jeune Scyther fait dévier les aiguilles avec ses ailes.

— Il prend la défense de notre Scyther! s'exclame Tracey, joyeusement.

Jessie a l'air déterminée.

— Alors, attaquez tous en même temps, ordonne-t-elle à ses Pokémon.

Les Pokémon de Team Rocket sont maintenant aussi faibles que ne l'était Scyther. Tracey et Scyther travaillent ensemble et réussissent à les battre facilement. Scyther soulève ses ailes brillantes pour repousser une nouvelle attaque d'Arbok. Puis il replie ses ailes l'une sur l'autre. De l'énergie jaillit du bout de ses ailes acérées et frappe les Pokémon de Team Rocket. Le coup les assomme tous.

Jessie ne perd pas espoir. Elle soulève son lance-missile.

— Il me reste encore un coup! dit-elle.

— Pikachu! ordonne Ash. Coup de foudre.

Pikachu lance un puissant éclair qui électrifie Jessie, James et Meowth. Ils se sauvent à toutes jambes dans la forêt. Mais avant qu'ils ne s'éloignent, Scyther utilise une dernière attaque coup de fouet pour leur couper les cheveux. Il ne leur laisse qu'une bande de cheveux au milieu de la tête.

Ash, Misty et Tracey rient de la nouvelle coupe de cheveux de Team Rocket. Un essaim de Beedrill les survole. Une procession de Caterpie grimpe sur un arbre tout près.

— Euh, les amis, bredouille Misty. Que diriez-vous de quitter immédiatement cette île infestée d'insectes?

Ash et Tracey sourient.

— Bon, d'accord, Misty. Toute la bande retourne vers la plage, suivie de Scyther et de son essaim. Tandis que Ash relâche Lapras, Tracey regarde Scyther dire au revoir à son ancien essaim avant de retourner dans sa Poké Ball. Puis les amis montent sur le dos de Lapras et s'éloignent sur la mer.

Peu de temps après, ils voient apparaître une autre île. Sur le rivage poussent des arbres verts luxuriants remplis de fruits tropicaux.

— Arrêtons-nous ici, suggère Ash, dont l'estomac gargouille bruyamment. J'ai faim!

— Cet endroit me semble parfait, reconnaît Misty. J'ai besoin d'un peu de repos loin des insectes!

— Lapras, amène-nous jusqu'à l'île, demande Ash.

Les amis atteignent vite le rivage. Pikachu a très hâte de commencer à explorer.

— *Pika, Pika*, dit-il à Togepi.

— *Togi, Togi!* gazouille le bébé Pokémon.

— Ne vous éloignez pas trop, vous deux, les avertit Ash tandis qu'ils vont jouer plus loin.

Ash, Misty et Tracey explorent la plage à la recherche de quelque chose à manger. Soudain, une noix tombe du ciel. Ash la reçoit en plein sur la tête. Il regarde vers le ciel et voit un étrange Pokémon

beige qui le survole.

— Hé! Cela ressemble à..., commence Ash.

Dexter finit sa phrase. « Farfetch'd, le Pokémon canard sauvage. Ce Pokémon extrêmement rare se promène toujours avec un poireau ou un oignon vert qu'il utilise pour construire son nid. »

Tracey est enthousiasmé par leur découverte.

— C'est un Pokémon très rare! s'exclame-t-il. Il faut que j'aille faire de l'observation.

— Et si nous commencions par une collation? suggère Misty.

— Il semble y avoir beaucoup de fruits et de baies sur l'île. Je ne crois pas que ce soit difficile de se trouver à manger, réplique Tracey, qui cueille quelques fruits tropicaux dans un arbre.

— Parfait! Reposons-nous ici toute la journée, déclare Ash. Nos Pokémon ont besoin d'un peu de repos eux aussi.

Ash lance quatre Poké Balls dans les airs.

— Squirtle, Bulbasaur, Charizard, Snorlax, sortez de votre balle! s'écrie Ash en libérant

ses Pokémon. Squirtle ressemble à une mignonne tortue. Bulbasaur a un bulbe sur le dos. Charizard est une combinaison de Pokémon de feu et de Pokémon volant et ressemble à un dragon orange. Et Snorlax, l'endormi, est le Pokémon le plus gros et le plus paresseux de la Terre.

Misty se spécialise dans les Pokémon d'eau. Elle relâche Staryu, un Pokémon en forme d'étoile et Goldeen, un élégant Pokémon qui ressemble à un superbe poisson rouge, et les envoie jouer dans les vagues avec Lapras.

Enfin, Tracey sort deux Poké Balls.

— Venonat! Marill!

Les Pokémon s'amusent joyeusement sur la plage. Marill laisse Togepi se servir de sa queue ronde comme d'un jouet.

Puis, Ash remarque que Tracey a oublié de relâcher son nouveau Pokémon, mi-Pokémon insecte, mi-Pokémon volant, Scyther.

Tracey lance la Poké Ball dans les airs. Scyther apparaît enfin. Il grogne et siffle. Les autres Pokémon tressaillent et s'éloignent. Ils regardent fixement ses ailes acérées et brillantes.

— Oh, rigole Ash. Vous n'avez pas encore été présentés à Scyther, n'est-ce pas? Eh bien, les amis, dites bonjour à Scyther!

Les Pokémon souhaitent timidement la bienvenue à Scyther. Scyther répond par un terrible rugissement.

— Tu es supposé leur dire bonjour, pas les faire mourir de peur! dit Misty à Scyther. Elle prend Togepi dans ses bras et le serre bien fort.

Togepi se dégage des bras de Misty. Il sautille jusqu'à Scyther.

— *Togi, Togi,* couine-t-il.

Scyther baisse la tête pour regarder l'adorable bébé Pokémon et cesse de grogner. Lorsque les autres Pokémon voient que Togepi est en sécurité, ils s'approchent un à un de Scyther. Tous, sauf Charizard, naturellement. Depuis que Ash a fait évoluer Charmeleon en

Charizard, il a du mal à se faire obéir de son Pokémon.

— Tu devrais te présenter à Scyther, toi aussi, Charizard, lui conseille Ash.

Charizard tourne le dos à Ash.

— Allez, Charizard! Écoute-moi! gémit Ash.

Charizard se retourne et lance une boule de feu vers Ash. Mais il manque sa cible et la boule de feu frappe Scyther! Scyther vient se placer devant Charizard et rugit avec force.

— Charizard, non! hurle Ash.

— Scyther, laisse tomber! ordonne Tracey.

Mais les deux Pokémon font la sourde oreille. Ils se regardent dans les yeux avec colère.

— Je pense qu'ils vont se battre! s'écrie Ash.

6

Vous appelez ça du repos?

Bravement, Ash tente de s'interposer. Il se glisse entre Scyther et Charizard.

— Pas de combat! Aujourd'hui est jour de repos! hurle-t-il.

Scyther et Charizard reculent un peu. Ils continuent tous les deux à grogner. Leur relation commence bien mal.

— La situation n'est vraiment pas rose, fait remarquer Misty. Je pense qu'ils ne s'entendront jamais!

— Peut-être vont-ils être de meilleure humeur lorsqu'ils auront l'estomac plein, avance Tracey. C'est le temps de trouver quelque chose à manger!

Ash et ses amis passent la matinée à se promener dans l'île. Ils cherchent de quoi manger et trouvent beaucoup de fruits et de légumes. Ils installent leur campement sur la plage. Puis ils commencent à cuisiner.

Snorlax s'approche lourdement et avale d'une bouchée tout ce qu'ils ont préparé.

— Snorlax, non! s'exclame Ash. Il contemple la casserole vide et entend son estomac gargouiller. Le gros Pokémon n'a même pas laissé une miette.

— Il a tout dévoré, constate-t-il.

L'estomac plein, Snorlax s'étend et s'endort instantanément.

— La vie de Snorlax est quand même simple : il mange quand il a faim et dort quand il a sommeil! fait observer Tracey.

— Tu as raison, approuve Misty en sortant de son sac quelques fruits et légumes. Au moins Snorlax n'a pas trouvé ceux-là! s'exclame-t-elle. Les trois amis sourient.

— Venez manger! s'écrie Ash. Tous les Pokémon cessent de jouer dans l'eau et dans les arbres. Ils s'approchent du campement pour avoir de la nourriture. Les amis s'aperçoivent qu'un Pokémon s'est ajouté au groupe.

— Qu'est-ce que Jigglypuff fait ici? demande Misty lorsqu'elle remarque le Pokémon rose aux grands yeux.

— Oh non! s'écrie Ash. Il sait que Jigglypuff adore chanter. Il sait aussi que la chanson de Jigglypuff endort tous ceux qui l'entendent.

— Sauve-qui-peut! hurle Tracey.

Trop tard! Jigglypuff se met à chanter sa berceuse hypnotisante. Ash, Misty, Tracey et tous les Pokémon tombent rapidement endormis.

Lorsqu'ils se réveillent, Jigglypuff a disparu. Mais il leur a laissé un petit souvenir : tout le monde a plein de gribouillis sur le visage.

Jigglypuff a écrit sur eux avec son marqueur noir!

Ash secoue la tête. C'est toujours comme ça : vexé de voir son auditoire tomber endormi, Jigglypuff se venge avec son marqueur.

Ash et ses amis sont maintenant affamés. Ils se nettoient le visage et laissent Snorlax dormir un peu plus longtemps. Ils dévorent les fruits et les légumes que Misty avait dans son sac. Tout le long du repas, Scyther et Charizard ne cessent de grogner.

— Je n'ai pas l'impression que la nourriture va régler le problème, fait remarquer Misty.

Tandis que Ash tente de maintenir une bonne distance entre Scyther et Charizard, un autre problème surgit sur un rocher derrière le campement : Team Rocket.

— Quelle coïncidence! ricane Jessie. Nous venons ici pour nous détendre, et nous tombons encore sur ces minus!

— *Meowth!* ronronne Meowth.

— C'est pas grave, ajoute James. Au lieu de nous reposer, nous allons enfin capturer Pikachu.

James lance une Poké Ball dans les airs. Victreebel en sort.

— Poudre somnifère! ordonne James.

La poudre somnifère de Victreebel se répand sur le campement. En quelques secondes, Ash et ses amis retombent endormis.

— La poudre somnifère de Victreebel fonctionne presque trop bien, fait remarquer Meowth.

— C'est que je lui ai donné un très bon entraînement, se vante James. Excellent, Victreebel!

James tente de féliciter son Pokémon, mais Victreebel l'engloutit dans son immense bouche en forme de fleur.

— Je suis ton dresseur, pas ton dessert! proteste James.

Jessie dégage James.

— Allez, viens, maître-dresseur, ricane Jessie. On a des Pokémon à capturer.

Team Rocket lance de longues cordes sur le campement. Chaque corde se termine par une ventouse. Les cordes fendent l'air et chaque ventouse se colle à un Pokémon. Jessie et James tirent les Pokémon à eux.

— C'est presque trop facile! se réjouit James. Nous allons capturer tous les Pokémon avant même que Ash ouvre un œil!

7
Le combat reprend

Tandis que Jessie et James s'escriment à tirer tous les Pokémon à eux, Scyther et Charizard se réveillent. Scyther utilise ses ailes acérées pour couper les cordes et libérer les autres Pokémon. Ceux-ci retournent vers le campement en courant et entourent leur entraîneur.

Les rugissements de Charizard et de Scyther tirent Ash de son sommeil.

— Qu'est-ce qui se passe? demande Misty d'une voix ensommeillée en ouvrant les yeux.

— Je n'en suis pas certain, répond Tracey, à moitié endormi lui aussi.

Team Rocket arrive au campement.

— Nous ne voulons pas vous déranger, dit Meowth à Ash, nous voulons seulement vous dévaliser!

— Préparez-vous! menacent Jessie et James.

— Nous ne vous donnerons jamais nos Pokémon! riposte Ash d'un ton ferme en réunissant ses Pokémon autour de lui.

— Nous pourrions vous battre tous les trois, même pendant notre sommeil! ajoute Misty.

Team Rocket libère Arbok et Weezing. Bientôt, la fumée étouffante de Weezing remplit l'air, mais cette fois, les amis n'ont aucune crainte. Ils savent que la danse des sabres de Scyther va disperser la fumée en un rien de temps. Effectivement, une nouvelle fois, le Pokémon mante commence à tourner sur place. Il crée ainsi un tourbillon qui ressemble à une mini-tornade. Bientôt tout le brouillard est dissipé.

Ash regarde Scyther d'un air inquiet. Il est encore faible, et la danse des sabres exige beaucoup d'énergie. Il va avoir besoin d'aide.

— Bulbasaur! ordonne Ash, fouet avec la liane!

Le bulbe sur le dos de Bulbasaur s'ouvre. De longues lianes vertes sifflent dans les airs et frappent Arbok. Elles cinglent le Pokémon poison.

— Parfait! s'exclame Ash. Squirtle, jet d'eau!

Squirtle arrose Jessie, James et Meowth avec un jet d'eau. La force de l'impact les fait voler dans les airs.

— Maintenant, Pikachu! s'écrie Ash. Coup de tonnerre!

Une décharge qui ressemble à un éclair file dans les airs pour électrifier Team Rocket.

Lorsque Charizard voit la bataille, il veut participer, lui aussi. L'énorme Pokémon lance une traînée de feu en plein sur Team Rocket.

— Aïe! hurle Team Rocket. C'est chaud!

Tracey regarde Scyther. Il sait que Scyther retrouverait la fierté s'il pouvait gagner la bataille.

— Scyther! Coup de tête pour terminer!

Une énergie lumineuse vive entoure Scyther, qui fonce sur Team Rocket. Le trio disparaît aussi vite qu'il est apparu.

— Beau travail, tout le monde! lance Ash.

Les Pokémon regardent tout autour avec fierté. Tous, sauf Scyther et Charizard.

Les deux gros Pokémon grognent en se regardant. Il y a de la bataille dans l'air!

8

Il était moins une

— *Char!* rugit le Pokémon lézard.

— *Scy!* siffle le Pokémon mante.

Ash semble inquiet. Scyther et Charizard ont tellement de choses en commun. Ce sont tous les deux de puissants Pokémon. Mais c'est évident qu'entre ces deux-là, le courant ne passe pas. Pourront-ils devenir amis, *un jour?*

— Ça suffit, vous deux! s'exclame Ash.

— Ash, je ne pense pas qu'ils veulent se battre, dit Misty. Je crois qu'ils veulent juste avoir l'air de deux durs.

— Je suis d'accord avec elle, acquiesce Tracey. Ils ont constaté qu'ils peuvent utiliser

leur immense pouvoir ensemble pour gagner un combat.

— J'espère que vous avez raison, conclut Ash. Ce serait un souci de moins.

Ash lance une Poké Ball dans les airs.

— Charizard, dans ta balle! ordonne-t-il.

Ash, Tracey et Misty rappellent tous leurs Pokémon et se dirigent vers la plage où Lapras, leur taxi aquatique, les attend joyeusement. Ils s'installent sur son dos et s'éloignent en fendant les vagues bleu clair de l'océan.

— Au moins, nous nous sommes reposés sur cette île, rigole Ash.

— Je ne pensais pas que nous aurions besoin de Jigglypuff et de la poudre somnifère de Victreebel pour dormir un peu, ajoute Misty.

— *Pika, Pika!* renchérit Pikachu. Les amis rient de bon cœur tout en voguant sur l'eau turquoise.

C'est une journée fantastique. Le ciel d'un bleu intense est traversé de petits nuages blancs cotonneux. Une douce brise rafraîchit les amis. Les vagues apaisantes les bercent doucement. Ils sont confortablement étendus sur le dos de Lapras. Tous profitent de cette

belle promenade jusqu'à ce que... *Boum! Plouf!*

Quelque chose se dirige en plein sur Lapras!

— Attention! hurle Tracey. Une énorme vague projette presque les amis dans la mer. Tracey, Ash et Misty s'accrochent à Pikachu et à Togepi de toutes leurs forces.

— Nous allons entrer en collision! prévoit Misty qui vient d'apercevoir un bateau qui fonce vers eux. La puissance et la vitesse du bateau créent de grosses vagues. Le désastre semble impossible à éviter.

À la dernière seconde, le bateau dévie et évite Lapras. Il est passé à quelques centimètres seulement.

— Hé! Regardez où vous allez! dit une voix qui provient du bateau.

Misty est furieuse.

— Ce serait plutôt à toi de regarder où tu vas! Tu es vraiment imprudent! Tu aurais pu blesser quelqu'un! Ce serait à *toi* de t'excuser!

Ash regarde vers le bateau et aperçoit un garçon plus grand que Tracey. Il a les cheveux foncés.

— Je suis désolé, dit-il. Je m'appelle Mugsy. Le garçon lui sourit et ajoute : Tu dois être Ash.

Ash rougit.

— Oui, c'est moi. Comment le sais-tu?

— J'ai entendu dire au gymnase que tu es un entraîneur pas mal redoutable, explique Mugsy.

— Ça se peut, répond Ash, d'un ton léger. Mais, en fait, cette remarque lui fait extrêmement plaisir. Tout en se promenant dans l'archipel Orange, il s'est battu pour obtenir des écussons afin de participer aux compétitions de la Ligue Orange. Jusqu'à maintenant, il n'a pas trop mal réussi. Misty le ramène sur terre.

— Tout ce qu'il sait utiliser, c'est la puissance de ses Pokémon, dit-elle pour le taquiner.

— Ça me convient, rigole Mugsy. J'aime bien les Pokémon et les entraîneurs robustes. Qu'en dis-tu Ash? Aimerais-tu comparer ta force avec la mienne?

Ash regarde autour de lui. Il est honoré du compliment, mais un peu embarrassé devant

ses amis. Cependant, il n'a jamais refusé un combat.

— J'accepte! répond-il.

— Montez à bord, offre Mugsy.

Misty, Tracey, Ash et Pikachu montent dans le bateau de Mugsy. Ash fait rentrer Lapras dans sa balle.

— Regarde là-bas, dit Mugsy en montant du doigt un petit point sur la mer devant eux. Tu vois? Nous allons nous battre sur cette île déserte.

Le puissant bateau de Mugsy les amène sur l'île en un rien de temps. Lorsqu'ils ont mis pied à terre, Mugsy déclare :

— Que dirais-tu d'un combat à deux contre deux?

— Pas de problème! dit Ash confiant, en acceptant le défi. Il chuchote à Pikachu :

— Je compte sur toi, Pikachu. Gagnons cette première ronde.

Ash sait que son ami électrique ne le laissera jamais tomber.

— Je vois, commente Mugsy. Un Pokémon électrique. Dans ce cas, je sais qui utiliser!

Mugsy appelle Poliwrath, une combinaison de Pokémon d'eau et de Pokémon de combat mauve dont le ventre arbore une spirale noire. C'est la première fois que Ash et Pikachu

voient ce genre de Pokémon. Ils ne savent pas quoi faire. Ash sort Dexter.

« Poliwrath, le Pokémon têtard, explique Dexter. C'est un excellent nageur. Poliwrath a des muscles bien développés. C'est pour ça que ses attaques sont formidables. »

— *Pika, Pika,* interroge Pikachu en montant la ceinture qui enserre la taille de Poliwrath.

— C'est quoi, cette ceinture? demande Misty.

— C'est la ceinture que Poliwrath a gagnée au championnat de ma ville d'origine, explique Mugsy. Je te l'ai dit, Ash, j'aime les Pokémon puissants. Cette ceinture prouve la force de Poliwrath.

— Mais les Pokémon d'eau sont faibles contre les Pokémon électriques, chuchote Misty à Ash. Pikachu devrait gagner ce combat facilement. Mugsy et Poliwrath entendent les paroles de Misty. Ils se regardent et éclatent de rire.

La confiance de Mugsy rend Ash un peu nerveux. Mais il ne le laisse pas paraître. Ash et Pikachu font bravement face à Mugsy et Poliwrath.

— Attention, Ash! le prévient Tracey. Il doit avoir une bonne raison pour utiliser un Pokémon d'eau.

9

Jeu de puissance

— Vas-y, Pikachu, ordonne Ash. Coup de tonnerre!

Pikachu crépite d'électricité. Le mignon Pokémon jaune lance un formidable coup de foudre. Un éclair aveuglant frappe Poliwrath. La plupart des Pokémon auraient été renversés par cette attaque, mais Poliwrath n'a même pas faibli.

— Poliwrath! ordonne Mugsy. Double équipe!

Ash regarde avec stupéfaction le Pokémon musclé se dédoubler. Il y a maintenant deux Poliwrath plutôt qu'un seul! L'équipe entoure Pikachu.

— Pikachu! avertit Ash. Ne te laisse pas avoir. Attaque rapide!

En un clin d'œil, Pikachu envoie une autre décharge électrique. Les deux Pokémon reçoivent la décharge qui les force à redevenir un seul Poliwrath. La double équipe a été contrée, mais Poliwrath a encore l'air fort.

— Hypnose! ordonne Mugsy à Poliwrath.

Poliwrath se retourne et regarde Pikachu droit dans les yeux. Le petit Pokémon semble étourdi. Poliwrath a fait entrer Pikachu en transe!

— Maintenant, Poliwrath, s'écrie Mugsy, jet d'eau!

Poliwrath crache un jet d'eau qui ressemble à une lance d'incendie. Sous la force de l'impact, Pikachu vole dans les airs. Lorsqu'il atterrit, Ash constate qu'il s'est évanoui. Pikachu a perdu le combat!

— Qu'est-ce qui s'est passé? demande Ash à ses amis. Il était tellement certain que Pikachu et lui gagneraient ce combat.

— C'est une question de psychologie, explique Tracey. Sachant que tu serais persuadé que Pikachu pourrait facilement battre Poliwrath, Mugsy l'a utilisé. Tu ne t'es pas méfié.

— Un entraîneur et ses Pokémon doivent avoir beaucoup d'expérience pour tenter quelque chose comme ça, ajoute Misty.

— Qui a envie de voir une bataille gagnée grâce au type de Pokémon utilisé? explique Mugsy. Un excellent entraîneur montre ses techniques d'entraînement au cours du combat.

— Je sais quel guerrier pourrait battre ton Poliwrath, dit Tracey en libérant Scyther.

— Non, Tracey, intervient Ash. C'est mon combat.

Ash n'est pas prêt de concéder si facilement la victoire à Mugsy. Si Mugsy aime le pouvoir, il va être servi. Ash prend une de ses Poké Ball et la lance dans les airs.

Tracey rappelle Scyther. Il aurait préféré que son ami n'agisse pas de façon aussi insensée.

— J'espère qu'il ne va pas... murmure Misty.

— Vas-y, Charizard! ordonne Ash.

Apeurés, Tracey et Misty serrent les dents. Ils savent à quel point Ash a du mal à se faire obéir de Charizard.

Le Pokémon si têtu écoutera-t-il, cette fois?

— J'espère que tout ira bien, dit Tracey à son ami.

— Ne t'inquiète pas, répond Ash. Je sais que Charizard peut faire ça pour moi.

En entendant son nom, Charizard se retourne et regarde Ash. Puis il ouvre sa gueule monstrueuse et crache des flammes qui frôlent le visage de Ash.

— Il n'écoute même pas son entraîneur? ricane Mugsy. Pourquoi fais-tu appel à un Pokémon comme ça?

— Tu as tort, s'exclame Ash. Montre-lui, Charizard !

Comme d'habitude, Charizard n'écoute pas les ordres de Ash. Il s'envole. Il plane et effleure l'eau.

— Charizard! hurle Ash. Charizard! Allez! Venge Pikachu!

Mais le puissant Pokémon refuse d'obéir. En fait, il passe à côté de Ash et le renverse avec son énorme queue.

— Je t'en prie, Charizard, supplie Ash. Tu es mon ami, n'est-ce pas? Montre-lui!

Charizard se retourne vers Ash. Encore une fois, il crache des flammes vers son entraîneur.

— Aïe! s'écrie Ash.

— Il n'écoute pas Ash, constate Tracey.

Le Scyther de Tracey approuve par un grognement. Scyther sait qu'il pourrait se battre mieux que lui.

— Ce n'est pas la première fois, ajoute Misty. Mais on dirait que c'est pire que d'habitude.

— C'est sans espoir, intervient Mugsy. Je vais te montrer de quoi a l'air un vrai combat de Pokémon. Poliwrath, jet d'eau!

Encore une fois, Poliwrath lance un jet d'eau. Cela agace Charizard. Il crache une boule de feu sur Poliwrath. Mais le Pokémon expérimenté l'évite habilement.

— Ce Poliwrath est extrêmement fort, fait remarquer Misty, admirative.

— Calme-toi, Charizard, dit Ash à son Pokémon. Utilise une attaque sans feu. Méga coup!

Charizard a entendu l'ordre, mais il fait la sourde oreille. Il essaie plutôt d'utiliser sa flamme puissante pour imiter le Pokémon d'eau. Poliwrath contre-attaque rapidement avec une fontaine d'eau.

— Ça ne marche pas, Charizard, essaie d'expliquer Ash. Le feu ne marche pas contre ce Poliwrath.

— Je commence à m'ennuyer, dit Mugsy en bâillant. Je crois que c'est le moment de mettre un terme à ce combat. Poliwrath, faisceau glacial!

Un vent froid se met à souffler. Poliwrath réunit ses mains. Il y crée une boule de glace blanche brillante. Poliwrath lance la balle sur Charizard. Ash tente d'avertir son Pokémon,

mais Charizard ne l'écoute pas. Le faisceau glacial frappe Charizard. Le Pokémon de feu est prisonnier d'un bloc de glace. Le puissant Pokémon lézard ne peut plus bouger.

— Charizard! Est-ce que ça va? lui demande Ash.

— Bon boulot, Poliwrath, dit Mugsy en caressant son Pokémon primé. Mugsy fait rentrer Poliwrath dans sa Poké Ball.

— Que dirais-tu d'un combat de revanche lorsque tu auras appris à te faire écouter de ce gros bêta? dit-il à Ash en retournant vers la plage.

Misty, Tracey et Ash entourent le Charizard congelé.

— C'est très grave, Ash, dit doucement Tracey à son ami. Je ne suis pas certain que Charizard puisse s'en remettre.

10

Ça va chauffer!

— Charizard va se rétablir, *j'en suis certain*, déclare Ash avec détermination. Je ne suis peut-être pas capable de le dresser, mais je vais faire tout ce je peux pour le guérir.

— Qu'est-ce qu'on peut faire pour t'aider? demande Misty.

— *Pikachu*, ajoute Pikachu.

— *Togi*, dit le bébé Pokémon de Misty. Même Scyther semble vouloir aider.

Ash doit trouver un plan.

— Nous pourrions probablement faire des feux, suggère Misty.

Ash et Tracey sont d'accord. La chaleur dégagée par les feux pourrait faire fondre la glace et réchauffer Charizard.

Ash, Misty et Tracey arpentent le rivage pour trouver du bois d'allumage. Puis ils font des petits feux tout autour de Charizard.

Ash reste avec Charizard tandis que Tracey et Misty retournent chercher du bois. Le bloc de glace dans lequel l'énorme créature est prisonnière commence à fondre. Ash dégage ce qui décolle. Ses mains sont rouges et lui font mal.

Bientôt, les feux ont réussi à faire fondre toute la glace. Mais Charizard est encore très froid.

— Accroche-toi, Charizard! dit Ash, préoccupé.

— J'ai trouvé des couvertures, dit Tracey en les tendant à Ash.

— Regarde tes mains, Ash, s'exclame Misty. Tu devrais frotter Charizard avec les couvertures pour ne pas te blesser davantage.

— Bah! ce n'est rien quand on pense à ce que Charizard doit endurer, dit-il tristement. Il sait que c'est à cause de lui que Charizard est en si mauvaise posture.

Misty et Tracey étendent les couvertures sur Charizard.

— Je crois que nous devrions le frotter, nous aussi, suggère Misty à Tracey. Ash, Misty et Tracey s'activent jusqu'à la tombée de la nuit. Du museau à la queue, ils frottent et frottent Charizard. Pikachu et Togepi se mettent de la partie eux aussi. Même Scyther active les feux avec ses ailes. Mais ils ont beau tout essayer, Charizard n'a pas l'air d'aller mieux.

Tracey et Misty bâillent.

— Vous devriez dormir un peu, leur dit Ash.

Les amis de Ash ne veulent pas l'abandonner, mais ils sont trop fatigués pour

discuter. Pikachu, Togepi et Scyther finissent par s'endormir peu après. Ash reste seul avec le Pokémon qui lui a causé tant d'ennuis.

— Allez, Charizard, chuchote Ash. Dépêche-toi et guéris. Comme s'il obéissait aux ordres de Ash, Charizard ouvre les yeux. Ash aperçoit une toute petite flamme y briller.

— C'est ça, Charizard, dit Ash.

Charizard est trop faible pour garder les yeux ouverts. Ash repense à tout ce qu'il a vécu avec son Pokémon. Il se souvient à quel point le gros lézard était mignon lorsqu'il était un petit Charmander. Il se souvient d'avoir pris soin de Charmander pour qu'il recouvre la santé lorsqu'il avait été abandonné dans la pluie par un autre entraîneur. Il se souvient de la fois où Charmander est devenu Charmeleon, et celle où Charmeleon a finalement évolué pour devenir Charizard.

— Écoute, Charizard, dit Ash. Je sais que je ne suis peut-être pas le meilleur entraîneur. Et je sais que tu ne veux pas te battre contre des Pokémon de niveau inférieur. Si tu n'écoutes pas, c'est peut-être parce que je ne suis pas un entraîneur de niveau élevé. Mais un jour, j'aurai acquis suffisamment d'expérience pour me battre à tes côtés. C'est mon rêve, que nous formions une équipe de combat. Et Charizard, je sais que nous gagnerons.

Charizard essaie de se mettre debout. Il lâche un petit nuage de fumée de même qu'un faible grognement. Ash sait que Charizard est sur le point de retrouver ses forces. Il va vite chercher d'autre bois pour alimenter les feux qui entourent Charizard.

— Repose-toi encore un peu, lui dit Ash d'une voix endormie. Demain matin, tout ira mieux.

Lorsque le jour se lève, Tracey, Misty et les autres Pokémon se réveillent. Ils trouvent Ash endormi sur le dos de Charizard.

— Ash, murmure Misty à son oreille. C'est l'heure de te lever.

— L'état de Charizard s'est-il amélioré pendant la nuit? demande Tracey.

— Juste un peu, soupire Ash.

Ash descend du dos de Charizard. Le gros Pokémon se tortille et se retourne. Puis, dans un grand grondement, Charizard se met debout et crache une belle flamme.

— On a réussi, Ash! s'écrient Tracey et Misty à l'unisson. Ils s'élancent pour donner un gros câlin à Charizard.

— *Pika, Pika!* s'exclame Pikachu.

— *Scy*, siffle Scyther. Il semble heureux que l'autre Pokémon ait retrouvé ses forces.

Tous les amis félicitent Charizard. Mais soudain, la terre se met à trembler. Un appareil qui se déplaçait sous terre sort du sol. Il heurte Pikachu qui vole dans les airs. Devant les amis pétrifiés, le vilebrequin qui se trouve à l'avant de l'appareil se sépare en deux. Pikachu tombe en plein au milieu et se retrouve prisonnier.

Étourdi par toute la poussière et tout le bruit, Ash ne comprend pas ce qui se passe.

— Qu'est-ce que c'est? hurle Misty.

La réponse vient rapidement. Jessie, James et Meowth sortent de l'appareil. C'est encore un coup de Team Rocket!

— Merci pour ton Pikachu! dit Jessie à Ash.

Ash regarde autour de lui. Puis il se rend compte que Pikachu est enfermé dans une boîte transparente à l'intérieur de l'appareil.

— C'est la boîte à l'épreuve de l'électricité que nous attendions, ronronne Meowth.

— Nous sommes enfin récompensés pour des années de souffrance, ajoute James. Nous t'avons eu, Pikachu.

— Eh bien, nous ne voulons pas nous imposer; alors, au revoir! ricane Jessie.

Team Rocket rentre dans l'appareil qui se fraie un chemin sous terre. Ash court derrière eux.

— Ash, arrête! s'écrie Tracey. C'est trop dangereux.

— Il faut que je récupère Pikachu, répond Ash. Je me fiche du danger!

Charizard vole au-dessus de Ash et le soulève.

— Merci Charizard! s'écrie Ash. Charizard se dirige vers le tunnel creusé par l'appareil.

— On dirait que Charizard veut vraiment aider Ash, fait remarquer Misty.

— Je sais, approuve Tracey. Mais est-il assez fort?

11

Un Pokémon obéissant

À la poursuite de Team Rocket, Ash et Charizard s'enfoncent dans les tunnels puis ressortent à la lumière du jour. Le gros Pokémon rugit de colère. De petites flammes s'échappent de sa gueule.

— Fais attention, Charizard! avertit Ash. N'oublie pas que le feu brûlerait Pikachu aussi!

Ash essaie de penser à d'autres tactiques qu'il pourrait utiliser. Il ne veut absolument pas que Pikachu soit blessé.

— Charizard, demande-t-il, pourrais-tu trouver une façon de briser cet appareil?

— *Char!* gronde le Pokémon lézard.

Charizard saute dans les airs. Ses énormes pieds atterrissent sur le dessus de l'appareil et le cassent en deux. Pikachu vole de nouveau dans les airs. Charizard attrape la boîte à l'épreuve de l'électricité dans laquelle se trouve Pikachu et casse le verre avec ses dents. Pikachu retombe dans les bras de Ash.

— Pikachu! s'écrie Ash en serrant son Pokémon contre lui. Merci, Charizard!

— *Pika, Pika,* dit Pikachu en guise de remerciement.

— Tu ne nous échapperas pas, Pikachu! s'écrie Jessie.

— Nous avons encore des cartes dans notre jeu, miaule Meowth en appuyant sur un interrupteur. Des lames rotatives très coupantes apparaissent de chaque côté de l'appareil.

— Attention! s'exclame Ash. Les lames frappent Ash et Pikachu. Tous deux tombent du dos de Charizard et s'évanouissent.

Lorsque Charizard réalise ce qui est arrivé à son entraîneur, il se fâche. Il commence à souffler de la fumée par les narines. Puis une immense boule de feu commence à tourbillonner dans sa gueule. Quelques flammes brûlantes sont dirigées vers Team Rocket.

— Au feu! hurle James en prenant ses jambes à son cou pour s'éloigner du brasier.

— Ça n'est pourtant pas la saison des vagues de chaleur! crie Jessie.

— *Meeeowth*! gémit Meowth lorsque les flammes lui roussissent la queue.

Les cris font revenir Ash et Pikachu à eux. Ils sont abasourdis. Jamais ils n'ont vu Charizard utiliser une telle puissance de feu. Ash se tourne vers Dexter pour obtenir une explication.

« La colère est l'une des attaques les plus puissantes de Charizard, explique Dexter. C'est une attaque de type dragon qui inflige de sérieux dommages à l'adversaire. »

Lorsque la colère frappe Team Rocket, le trio est projeté loin dans l'océan.

— On dirait que Team Rocket disparaît une fois de plus! hurlent les voleurs malchanceux.

Ash et Pikachu reviennent à la plage sur le dos de Charizard.

— C'était fantastique, dit Ash en caressant Charizard. Tu es super!

— On dirait que Charizard a retrouvé le feu sacré, ajoute Tracey en souriant.

— Tu as réussi, Ash, le complimente Misty. Charizard comprend maintenant comment tu te sens.

— Je crois que c'est le début d'une très belle amitié, dit Ash en souriant.

— *Char!* gronde Charizard.

Une silhouette familière s'approche et tend la main à Ash.

— Félicitations, Ash, dit Mugsy.

— Mugsy! s'exclame Ash en serrant la main de l'autre entraîneur. Merci.

— De rien, réplique Mugsy. Maintenant, crois-tu être prêt pour un nouveau combat?

Ash hésite. Il regarde Charizard. Le Pokémon approuve d'un grognement.

— Bien sûr! dit Ash. Il se tourne vers son Pokémon de feu.

— Je sais que tu peux réussir, Charizard. Je crois en toi.

Mugsy ordonne à Poliwrath d'utiliser son jet d'eau. Poliwrath projette de l'eau à partir du milieu de sa ceinture. Le jet d'eau se dirige en plein sur Charizard.

— Envole-toi, Charizard! s'écrie Ash.

Charizard évite le jet d'eau en s'envolant.

— Regarde! s'exclame Tracey. Charizard a évité l'attaque!

— C'est parce qu'il écoute Ash, maintenant, explique Misty.

Poliwrath tente un coup glacial. Mais Charizard fait fondre l'attaque réfrigérante avec une flamme brûlante.

— Ça ne se terminera pas comme hier, dit Ash à Mugsy.

— Je n'en suis pas si sûr, ricane Mugsy. Charizard est un bon combattant, mais il n'est pas *suffisamment* bon pour battre mon Poliwrath. Faisceau glacial! ordonne-t-il. Poliwrath tourbillonne et envoie une douche de glace.

— Envole-toi! ordonne Ash. Charizard évite ainsi l'attaque.

— Poliwrath, coup avec le corps! hurle Mugsy. Poliwrath se prépare à utiliser sa force musculaire sur Charizard.

Ash pense vite.

— Charizard, séisme! Charizard s'envole. Il fonce sur Poliwrath et écrase le Pokémon d'eau de tout son poids. Puis Charizard

soulève Poliwrath. Il s'envole très haut dans le ciel, tourne sur lui-même et laisse retomber le Pokémon d'eau sur le sol.

Poliwrath ne bouge plus. Il s'est évanoui.

Ash et Charizard ont gagné le combat!

— Nous avons réussi, Charizard! s'écrie Ash en caressant l'immense créature.

— Super, Ash, le félicite Tracey.

— Excellent combat, Ash, approuve Mugsy. On pourrait recommencer, un de ces jours.

— Certainement! riposte Ash.

Misty sourit à Ash.

— Si tu continues comme ça, tu vas devenir un maître, lui dit-elle.

— Qu'est-ce que tu veux dire, Misty? demande Ash.

— Maintenant, tu sais que le secret pour devenir un maître Pokémon n'est pas la puissance, explique Misty. C'est l'amitié et le travail d'équipe.

— Tu as raison, Misty, répond Ash. Charizard ne m'aurait jamais écouté si je n'avais pas compris comment il se sentait.

Ash, Misty et Tracey envoient la main à Mugsy qui remonte à bord de son bateau. Ash veut poursuivre sa route, lui aussi. Il a hâte de relever un nouveau défi. Avec Charizard

dans son équipe, Ash se rapproche du titre de maître de Pokémon.

À propos de l'auteure

Tracey West écrit des livres depuis plus de dix ans. Lorsqu'elle ne joue pas avec la version bleue du jeu Pokémon (elle a commencé avec un Squirtle), elle aime lire des bandes dessinées, regarder des dessins animés et faire de longues balades dans la forêt (à la recherche de Pokémon sauvages). Elle vit dans une petite ville de l'État de New York avec sa famille et ses animaux.

Destination : danger

C'est la course de montgolfières Pokémon. Le prix? Un spécimen de Dratini rare. La favorite est Windy, mais Team Rocket kidnappe son équipage.

Ash et ses Pokémon pourront-ils faire tourner le vent en faveur de Windy pour qu'elle puisse gagner? Les tempêtes de grêle, les essaims de Beedrill et les crocs de Arbok qui déchirent les ballons n'augurent rien de bon! Mais Ash ne se laissera pas dégonfler par les mauvais tours de Team Rocket.

Une toute nouvelle aventure
que tu ne verras pas à la télé!